JN075548

百歳までの羅針盤

枯れてたまるか。人生、二毛作・多毛作を生ききる

大久保 栄造

文芸社

目次

百歳までの羅針盤

枯れてたまるか。人生、二毛作・多毛作を生ききる

一、まえがき

東京に初の空襲警報が発令され、衣・食・住の全てがなんらかの代用品であった、１９４２年（昭和17年）１月５日に、私は生まれた。

誕生日を期に、文章を考える作業を通して、自己表現をし、皆さんと考えていきたい。

生物学では哺乳類の寿命は、およそ身体成長期の５倍で１２５歳が限界と言われる。但し、人間の脳みその完成は20歳で１００歳が妥当なところだが、１１５歳から１２０歳が限界ともいわれる。

厚生労働省の発表によると100歳以上の高齢者数は約9万人、52年連続で過去最高記録を更新中で100歳まで生きる人は1600人に1人で、約9割が女性である。平均寿命も男性81・64歳（世界第2位）女性87・74歳（世界第1位）。

しかし、寿命に対する遺伝の影響は25％と以外に少なく、生活環境等後天的な要因の方が大きいといわれる。

「寿命」に関しては、辞書によると、

●平均寿命・・・・ゼロ歳における平均余命。ゼロ歳児の寿命を予想した数値

●健康寿命・・・・健康的日常生活を過ごしていられる年齢の平均的な数値
・元気で自立して生活できる期間

・健康上の問題で行動を制限されることなく日常の生活を送れる期間

・寿命から介護を要する期間を除いたもの

●完全生命表・・・100歳まで生きる可能性を現在の年齢に当てはめて割り出す表（厚生労働省の資料によると、現在85歳の人で3・2％とある。）

すなわち100人中3人といえる。

「人生わずか50年」とされた、織田信長の時代より倍近い寿命の伸びである。2021年（令和3年）に放映されたNHK大河ドラマ『青天を衝け』で注目された「渋沢栄一」の若い頃はまだチョンマゲを結っていた。正に隔世の感である。

しかし、「長生き」をただ手離しで喜んではいられない。医学、文化、科学の進歩で老々介護もあり、死にたくても死ねない長生きリスクが増えている時代を迎えている。

「寿命100年時代」の到来も近づきつつあり、専門家の予測では寿命は今後も予想以上の速度で伸び続け、今年生まれた赤ちゃんが100歳まで生きる確率は50%とある。平均寿命も110歳くらいになるという説もある。

我々世代は正にその先駆けとなる役割を担って、次世代へのロールモデルとして生きていきたいものです。

木の葉

無風で散る葉あり、
そよかぜでも散る葉あり、
強風でさえ散らない葉もある。
木は、葉の散るのを、風のせいにはしない。
人間も自分の逝く末を年のせいにせず、
常緑樹の松や杉のように落葉せず、
根が朽ちるまで生きたいものだ。

テーマを4つに分け、それぞれについて考察しながら、過去の格言、箴言、名言、ことわざ等も呈示し、僭越ながら私のコメントも添えました。読者の今後の道しるべに少しでもなれば幸いです。

過去に執筆した自分史作品の中より、今回のテーマに関連した文章を当時の原稿のまま挿入（編集注：自分史の箇所はフォントをゴシックに変更しております）。人生の行き方や考え方を合わせて、ご批評いただけたら幸いです。

一、まえがき

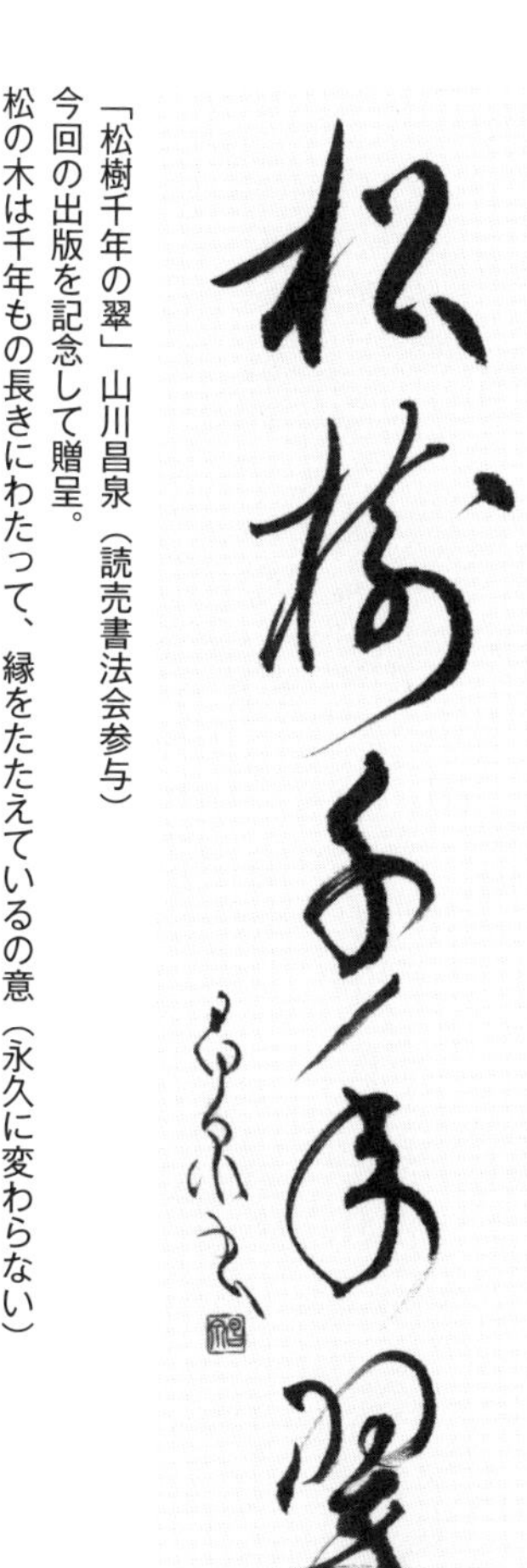

「松樹千年の翠」 山川昌泉（読売書法会参与）
今回の出版を記念して贈呈。
松の木は千年もの長きにわたって、緑をたたえているの意（永久に変わらない）

人生の終着駅へはなるべく、ゆっくり、遅く、予定より遅いほどめでたいといえる。

〜そうありたい〜

人生百に満たず、常に千歳の憂いを抱く。

〜まさにその通り〜

百年再生の我無し。其れ曠度すべけんや（言志後録）

↓自分が百年たったら再び生まれて来るというのではないのだから、一日一日を空しく過ごしてよいはずがない。

〜なかなかできない〜

一、まえがき

昭和の記憶

２０１３年（平成25年）７月20日　71歳

子どもの頃、父親が「明治は遠くなりにけり」と、よく言っていたことを思い出す。

今は、世の中の変化のスピードがすべての面で目覚ましく、もはや「昭和は遠くなりにけり」の感で、まさに消えゆく昭和である。懐かしく感じられるということは、消えつつあり、はかない状態にあるということだ。

人は、日々の暮らしを重ねながらそれぞれの人生を生きていく。１日24時間、１年３６５日、春・夏・秋・冬と、四季を繰り返しながら留まること無く続いていく。

しかし、日々の暮らしの流れはごく平凡で、日常的な生活の積み重ねがほとんどである。特別な出来事以外は記憶に残りにくいもので、文字で書き遺されることはまず稀である。

日記をつけたことがない私なので、私個人の生活の足跡なんかは記憶として残りにくいのは尚更である。見方によっては、過去の生活を思い出すこともなく、記憶を呼び覚ますこともなく、これからを暮らしていってもほとんどなんの問題も起きないと思う。

自分史を書き始めて10年を経たが、私の場合、過去の消えかかってしまっている暮らしや生活の部分がなかなか思いだせない。過去は永遠に静止している、と考えていて「過去は過去」と冷めた目で見ている自分がいる。

そのせいか、今までの作品のほとんどは、書いている時点で自分がその時感じていること、思っていることをテーマとして書いてきた。従って、過去を懐古したり、生きざまを書いたりした一般的な時系列に基づく過去形の自分史ではなく、エッセイ風な作品が多い。自分史は、本来自分が生きてきた証しとして書き残すもので、正確に書かなくてはならないし、誇張やフィクションになってもいけない。

そうした前提に立つと、当時の資料を探し、裏付けとなるデータを見つけ、事実を正確に確認しなくてはならない。それが私にとっては大変面倒なことで、今まで過去の出来事についての文章がなかなか書けなかった最大の理由である。

何十年も前の記憶を思い出すには、当時の生活の中から、具体的に何か一片を見つければ、その一片から繋がるように記憶が蘇ってくるのではなかろうか。それには心の中にロウソクで明かりをともすように、ゆっくりと時間をかけ事実を模索していく必要がある。

今日まで、過去を懐かしんだり、振り返ったりする時間と、精神的な余裕もなく毎日の生活に追われてきた。70歳を過ぎた今でもそれはあまり変わらない。しかし、これからは、時には昔のアルバムを開いたり、生まれ育った土地を歩いてみたり、疎開していた田舎を尋ねたりと、少しはのんびりした時間を持てたらと思っている。

そうすれば、赤い公衆電話、波トタンの屋根、リヤカー、ホウロウ製の看板、駄菓子屋、木製の電信柱等「昭和の名残」を、古い長屋や細い路地裏、都心から離れた田舎でまだまだ目にすることができると思う。

過去の記憶を蘇らせ、それを文章にして書いてみるのもいいが、ただ懐かしいというだけの自分史では、読み手にとって「それがどうしたの」「それで何なの」ということになりかねない。他人の人生の履歴なんて、所詮どうでもいいことなのである。

かと言って、「ずいぶん苦労されたのですね」「頑張ってこられてエライですね」等と、言われたいと思って書いている訳では無論ない。まして、読み手に共感や感動を与えられるような私個人としての物語も、人としての値打ちも持ち合わせてもいない。

なぜ自分史を書く意義や意図や必要性などを自分はどこに求めているのかと、ずっと自問している。誰に読んで欲しいのか、何が言いたいのか、何を伝えておきたいのか、未だに釈然としないまま毎月なんとか書き続けている。

「昭和」の記憶の一片を辿りながら、それを足がかりにして、もう一度原点に立ち戻って、「自分史」を考え直してみたいと思っている。

二、プロフィール

大久保栄造

●生い立ち

1942年（昭和17年1月）名古屋市生まれ。現在春日井市在住。

・名古屋市立小・中学校卒業。

・名古屋市立名古屋商業高校卒業。（高校3年生の時、伊勢湾台風に遭遇。
1959年）

●職歴

・約4年間のサラリーマン生活の後、名古屋市中区及び春日井市にそろばん塾を開塾。

・以来半世紀に亘って愛知県下の珠算界を牽引、現在も継続中。日本珠算連盟主催の全国大会にて数多くの入賞者を輩出。

・1984年（昭和59年）5月愛知県より初の「そろばん日本一」の選手を誕生させる。

・1995年（平成7年）カルチャーセンターを創設し、8年間経営。その後第三者に譲渡。

・1992年（平成4年）生保・損保の代理店を経営。現在に至る。

●スポーツ

・短距離・・・（100m走）小・中学校時代は全校一、高校の時は陸上部の2名には負ける。当時は珠算部に在籍。

・ゴルフ・・・クラブを握ってから2年でシングル達成直後、腰を痛めヘルニアの手術をし、断念。その間、死亡事故体験2件。（小雪の日、前の組のメンバーがパター中に倒れる。夏、

"大久保栄造"君のシングル達成を祝う会

ラケットを振っていた彼が、いつの間にか、クラブに換え、努力と根性で目的を達成しました。羊飼いが、兎のあけた穴を相手に遊んでいた頃の気持にかえり、初秋の一日を楽しんでみませんか。出席をお待ち致しております。

記

1．日　時　9月29日(水)（午前10時集合）
2．会　場　日本ラインカントリークラブ（東コース）
岐阜県可児郡可児町室原87番地
TEL（05746）5−2121
3．会　費　①メンバー　¥ 8,000
②ビジター　¥12,000
※会費にはグリーンフィ、祝儀、食事等全て含む。
4．申込締切　返信用ハガキにて9月16日(木)必着
5．競技方法　ペリア方式（詳細は当日発表）

世話人　日本ラインNC会事務局長　犬飼良一
友人代表　菱山照千
友人代表　北折　進

号
JGA ハンディキャップ証明書
大久保栄造 様
S17年 1月 5日生
あなたのハンディキャップを下記の通り証明します。
新ハンディキャップ 9 （旧ハンディキャップ　）
昭和 59. 4. 17 日
登録クラブ
日本ラインゴルフ倶楽部
中部ゴルフ連盟

バンカー内にて同伴メンバーが倒れる。）
昨年より41年ぶりに練習を再開する。

●酒
・飲み歴・・・名古屋の飲食街、柳橋→住吉町→女山大小路→錦三
ピーク時はボトルキープの店が10軒以上。
・酒の種類・・・ビールとブランデーが主。日本酒、焼酎、ワインは飲まない。

上戸は酒の毒なるを知らず、下戸は酒の薬なるを知らず。

●麻雀

・30代、40代の頃は連日連夜徹夜もあり、2日連続徹夜のこともあり。

・ゲーム中にメンバー死亡事故2件体験（脳梗塞・心臓麻酔）。家庭崩壊、会社の倒産等あり。当時の約20名のメンバーは現在ほとんど生存者なし。年間100万円くらいの収入の時期もあり。

●車（ステータス）

・生徒数に応じて、200名→200万円を購入。ピーク時は800名在籍。

・中古車は最初の1台のみ。後は全て新

レクサス　2013年　ショールームにて

車（以前は2年車検）。現在28台目。
（半数以上は外車）
・生涯の借金の大半を示める。

日産プレジデント　1982年　越前海岸にて　妻

●そろばん日本一の選手を輩出

・自分史参照（平成20年12月号）

「そろばん日本一」の思い出　　自分史

2008年（平成20年）12月　56歳

1984年（昭和59年）5月20日は、私にとって忘れられない日である。初参加の沖縄を含め、全国各地の予選会を勝ち抜いた404名の選手が神戸市立中央体育館の会場に集まった。

「ただいまより、第38回国民珠算競技大会を開催します」の開会宣言に続いて、大会会長挨拶、優勝旗・優勝盃の返還、選手宣誓のあと競技が開始された。

競技は個人総合競技と団体戦、都道府県対抗と大きく3部門に分けられていた。メインの「そろばん日本一」を決めるのは個人総合競技で、7種目（各種目150点満点）の総合得点を競う。総合競技は午前中で終了し、今大会では、全種目満点（1050点）の選手が、2～3名は出るのではと予想されていた。

午後1時34分、進行係の「ただいまより、そろばん日本一の発表を行います」との案内に続き、「今年度のそろばん日本一は、愛知県・前野文之君に決定しました」と競技部長の力強いアナウンスが流れた。同時に垂れ幕がおり、くす玉が割れ、場内全員が祝福する拍手の中、前野文之選手が壇上に呼び上げられた。

前野君のトロフィーを持つ手が震えがちで、片手を挙げてのポーズも、汗とともに目には光るものが見られた。愛知県から初めて日本一が誕生した瞬間の、実に感動的なシーンであった。

大会では予想に反して、全種目満点は彼のみであった。万一、同点決勝になれば、前年度同様、スピードに勝る選手が日本一になっていたと思っていたので、スピードより安定感のある彼が本番で満点をとり、勝ててよかったと私も本当に喜んだ。

顧れば、私は競技部長として、愛知県の代表選手を約10年にわたり指導し、毎年3月から5月は、日曜・祝日も返上して練習を重ねてきた。

当時、県外へ遠征練習会に出かけることは、万一事故があったらという心配や予算の壁があって、色々と批判の声も聞かれた。しかし、私は愛知県の監督として「井の中の蛙ではダメだ」の信念のもと、三重県を始め大阪府、京都府と、強い選手のいる県に出向いて胸を借り、6年間合同練習を重ねた結果として、選手一人ひとりの大きな力と自信となっていったのだと、今でも信じている。

前野君は、前年の大会（第37回）で全国ただ1人、県予選・本大会とも全種目満点だった。しかし、本大会では、満点者が2名いたため、同点決勝で敗れていたのである。

その時の彼は、会場全員注視の中、緊張のあまり、「やめ」の指示があっても、エンピツが指から離れないほど上がってしまっていた。相手はその前年の日本一、京都の西田三智子さんで、完敗であった。

その後スランプに陥り、今大会も前日までの練習でも満点が取れず、決していい状態ではなかった。同点決勝で敗れてから1年、彼に対しては、精神面の強化のみに全力を傾注し、スポーツや将棋等色々な分野の人の例を挙げて励ましてきた。

大会当日は6時に起床し、目覚しがわりに「暗算」を読んだりして、コンディション作りに努めた。その時、前年までとは違った彼の落ち着きを感じ、桁数も10桁まで入ったので、内心今度こそはと期待して会場に臨んだのである。

表彰式終了後、NHKテレビのインタビューを受け、監督の私も一緒に質問に答えたり、「読みあげ算」のシーン等を15分位かけて撮影された。夜の全国放送のニュースの中で流されると聞いた私は、天下のNHKテレビに映るというので、早速喜び勇んで、その旨を家族等に連絡した。

あくる日、お袋から電話があり、「栄ちゃん、テレビをずっと見てたけど、あんた映ってなかったよ」と言われた。ニュースは約1分位であくまで前野君が主役で、私はといえば、脇で立って読みあげている姿が放映されたのは2~3秒と、刺し身のつまのようなもので、お袋の目にはとまらなかったのである。

「NHKテレビに出る」といって、慌しい会場から有頂天になり、わざわざ友人にも電話をした自分が恥ずかしかった。

あれから25年、ちょうど前野君が当時の私の年齢になり、県立高校の教諭として2人の子どもの父親となっている。そして私が当時のお袋の年齢になっている。月日の経つのは早いものだと思うと同時に何か偶然性を感じる。

あの頃に、テレビのビデオ装置があれば録画し、一時停止画面でお袋や子どもと孫にも私のお宝映像として見せられたのに、と思うとチョット残念である。

現在も大会は「そろばんグランプリジャパン」と名称を変え毎年継続して開催されているが、残念ながらその後愛知県からは日本一の選手は出ていない。「そろばん王国愛知」と言われ、優秀な選手が輩出した時代を懐かしく思うと同時に、今は部外者であるが、復活を期待したいと願っている。

●借金
飲み代、車、ゴルフ、サウナで散財し、借金地獄が続き、完済できたのは75歳の時。

●離婚・再婚
39歳（娘中学1年、息子小学5年）の時、翌年再婚（17歳年下）

●性格
・決めたことはやる。（やらないことは絶対にやらない）
・負けず嫌い・見栄っ張り・良いカッコしい。
・若い時は相手を論破し敵を作る。短気で上司にあまり従えないタイプ。
（サラリーマン失格）

・現在も支払いは現金主義でカードはトイカのみ。
メール、ＬＩＮＥ、インターネット等は苦手。

●そろばん
愛知県一の在籍生徒数を10年以上継続。ピーク時は８００名。選手育成は親の価値観の変化や習いごとの多様化もあり自身のモチベーションの低下でやめる。

小・中学校の個人戦及び団体戦では全国大会にて、数々の優勝・入賞。

●養育方針
基本的には大学を卒業するまでは責任をもって援助。
後は自分達の生活は自分で決め、各自自立せよとの方針。

●自分史

・学編自分史全国公募事業（春日井市民文化財団編）主催の公募テーマ「約束」にて入賞。（2013年1月31日発刊される）

・「春日井自分史をかこうの会」の自分史講座に約10年間参加。著者の人物像を知っていただく為、作品を適宜→本文の中へ挿入。

・「見栄っ張り、いいかっこし、負けず嫌い」の自覚がある私ですが、自慢史的な文章と捉えられ、好感度が下がらないか少し心配です。しかし、これが偽りのない私そのものであります。

2つの口約束

２０１３年（平成25年）１月31日　71歳

私のこれまでの人生にとって、良かったことと、悪かったことの正反対の結果をもたらした、２つの口約束が思い出される。

良かった口約束は、高校３年生の時のことだった。

教室の中でたばこを吸っている同級生をとがめたとたん、彼の仲間に囲まれて詰め寄られ、

「いい格好するな」「うるせーんだよ」「おまえはたばこを絶対吸わないか」

と言われた。売り言葉に買い言葉で、私もつい興奮して、

「お前らの吸うようなものは、死ぬまで吸うか」

と、言い放った。

「ようし、今の言葉忘れるな。絶対吸わないと、ここで約束しろ」

と言われて、成人式の後で初めて開かれる同窓会の席で確認し合うことになった。

もし私がたばこを吸っていた姿を、それまでに1人でも見た人がいたときは、その場で丸坊主になる。もし吸っていなかったら、彼がスーツを一着作ってくれるという約束になった。クラスのみんなが証人となって、証文などは書かなかった。

2年後に開かれた同窓会の席で私は、一度もたばこは吸っていないと彼等に言った。

証拠がないという奴もいたが、約束した張本人は男気のある奴で、

「よし、判った。明日、俺の家へ来い」

と言っただけで、たばこに関する話はそこで終わった。

あくる日、『テーラー○○』と看板の掲げられた彼の家へ出向いて、スー

ツの採寸をして貰った。

「お前の仕立てでなくて、おやじさんの仕立てで頼むぞ」

と、言い残して帰宅した。指定された日に仮縫いに行き、その1週間後に、受け取りに行った。

私にとって、それが初めてのオーダースーツであった。

このことがきっかけとなって、その後度々、彼の店でスーツを仕立ててもらうようになった。その彼も、3年前にガンで亡くなった。葬儀の時、喪服でなく、敢えて彼に最後に仕立ててもらったスーツを着て参列して、奥さんに挨拶をしたが、彼女がそのスーツに気づいてくれていたかどうかは判らない。

高校生の時の口約束以来、今日までたばこは一度も吸ったことがない。結果的には、あの時の約束のおかげで、ずっと健康でいられて、肺もきれいで、喉の調子もいい。そろばん塾を経営していて、喉を使うことが多かったので、喫煙しなくて本当に良かった。そろばんの全国大会で読上げ算を読む機会にも恵まれたし、カラオケの席などでも「いい声をしているね」と言われては、悦に入っている。

悪かったことは、30代後半のことだった。

ホステスのいる酒の席で、仲間とゴルフの話となった。当時の私はゴルフの経験はなかった。彼らが余りにもゴルフのうんちくやら能書きを並べるものだから、いつもの悪い癖で、私の負けん気が頭をもたげた。

「シングル？　お前がなれたのなら、俺だってなってやるさ」

と、飲んだ勢いで言い放ってしまった。生来の向こう意気の強さと変なプライドで、出来るかできないかなど考えもせず宣言してしまった。今思えば、全く愚かなことだった。

期限は5年。それまでにシングルになれなかったら、住吉町（当時、名古屋一の飲み屋街と言われたところ）を裸で走ってやる。もしシングルを達成したら、私の指定した店を仲間3人が1人一軒ずつ招待する、という約束を交わした。

その翌日、私はすぐ先輩が経営していたスポーツ店へ行き、ゴルフ用具一式とゴルフの会員権を購入した。その時、先輩から、「シングルプレーヤーになるのは並大抵のことではなれないぞ」と、聞かされて大いに後悔したが、もう遅かった。正に「言うは易く、行うは難し」と、いうことになった。

それから約2年。

毎月、サラリーマンの月収の半額ぐらいの経費と、一日7~8時間のヒマを注ぎこみ、家族をほったらかしにして、ゴルフ漬けの生活が始まった。

そろばん塾は、夕方4時から9時までの5部制の授業だったので、昼間の時間はなんとか都合がついた。

当時、商工会議所の検定受験者数と競技会の成績は愛知県一と言われた塾の経営は、手抜きをしないように精力的に頑張った。

一日に1ラウンドハーフは当たり前で、ときには2ラウンド回ったことも度々で、年間300ラウンドを超えた。2年間で、普通の人の一生分のラウンドをしたことになる。

その成果が実って、私のハンデキャップが「11」になった時、

「お前の根性はもう判ったから、招待は一軒にしてくれ」

と仲間達が詫びを入れてきた。

そして39歳で、ゴルフクラブのハンデキャップ「9」の欄に、私の名前のプレートが掲示され、シングル祝いのパーティーも開き、私のゴルフ人生の絶頂期であった。

ところが、「好事魔多し」と言われるように、腰痛に見舞われるようになり、今日までに及ぶ大きなダメージと痛みを味わうこととなった。原因はゴルフだけでなく、徹夜マージャン、飲み屋通いの止まり木と、腰に悪いことばかりしていたツケであることは明白だ。

今でもテレビに時々顔を出されている名医によって、椎甲板ヘルニアの手術を受けることになった。腰椎の軟骨は綺麗に切除出来たのだが、私の場合は痛みがどうしても取れなかった。手術の成功率は100パーセントの保証はないと手術前に先生に言われて、納得してはいたのだが……。その後、20年以上にわたって、あらゆる腰痛治療を試みたが、痛みは完治してない。これも身から出たサビで、死ぬまで上手に付き合っていくしかない。

70歳を迎えた今、この二つの口約束を思い出すたびに、むやみに約束をしてはいけないと思っている。軽々しい約束は、必ず困難を伴うことが多く、履行できなかった場合、信頼を失うばかりでなく、相手に迷惑をかけることにもなるからである。

しかし、若い人は一度や二度の失敗を恐れず、多少の大言壮語はしてもいいのではとも思っている。志を強く立て、小利口な才智を働かせるよりも、一つひとつの小さな約束を確実に履行し、人間としての信頼を築くように努めていくことを忘れないで欲しい。

たかが口約束、されど口約束。約束は約束である。誓ったことは小さなことでも必ずやり切ることで、その積み重ねが、人生の目標となり、道しるべとなっていくのだと思う。

三、健康

健康とは、身体に悪いところがなく、心身がすこやかなこと。（達者・丈夫・壮健 etc.…）

肉体的、精神的及び社会的に安寧な状態のことであり、単に疾病又は病弱の存在しないことではない。

国連の統計によると、２００７年（平成19年）生まれで現状15歳の人の半分は１０７歳以上まで生きるとある。

健康オタクにならない。↓節制はほどほどに（血圧、血糖値、コレステロー

ル、中性脂肪etc.…）。人間ドックは不要（悪くなったら医者へ行けばよい）
長寿世界一。ジャンヌ・カルマン（フランス人）１２２歳ギネスブック。
男性の世界一。木村次郎右衛門。１１６歳。

自分の現状
持病への対応を適切にする↓クスリは不調の時のみ服用。自分の体調で判断する。
一、腰痛↓散歩、ストレッチ、筋トレ、サウナetc.で対応。
二、慢性硬膜下血腫（右側頭部）↓定期的に経過観察中
三、尿道管結石↓ここ４~５年はなし（過去２回あり）
四、前立腺ガン↓経過観察中（薬の投与は中断中）
五、糖尿病↓治療中（ヘモグロビンＡ１ｃは特に悪くない）

六、歯科医師会主催ハチマルニイマル運動にて表彰状受賞。平成4年11月8日〈80歳で20本以上の歯を保持〉

七、首がしびれる症状が最近出て、MR検査の結果、首の頸椎ヘルニアと診断された。治療法を検討中。

これから先は、ガンの治療、手術、健康診断はしない。病気になったらジタバタせず、養生に努める。

食事

一、3食きちんと摂る。

二、週2日禁酒日を守る（15年継続中）。

三、夕食は炭水化物をなるべくとらない。

四、バランスのとれたメニュー　夕食のメニューは6品以上。

五、外食は月3回くらいまで。

六、食も酒も中庸に心掛ける。「花は半間、酒はほろ酔い」

あまり健康のことばかりに気を使いすぎると、かえって精神的な抑圧やストレスが高まってしまって健康に悪い影響を与えかねない。それよりも、おいしいものを食べ好きなことをして、恋でもして笑って楽しく生きていきたい。健康オタクの人の方が早死にするといわれ、気楽に生活している人たちの方が死亡率も低い。

室内に観葉植物を置く。

筋肉が硬くなっていく過程が人間の一生で、赤ちゃんは柔軟そのもの。

加齢と共に少しずつ硬くなり、最後は死後硬直に至る。
だから、筋肉を柔軟にしておくことが若さを保つポイント。
(ストレッチ、散歩、エクササイズ、水中ウォーキングなど)

●認知症・・・現代の医学界の現状では進行を止めることはほとんど無理で、医者に行ってもどうにもならない。薬より、運動して頭を使うことの方がベター。

正しい心の使い方に心がける。
一、物事を全て前向きに考える。
二、感謝の心を忘れない。
三、愚痴をこぼさない。

四、年のせいにしない。

●気力、知力、思考力、体力・・・体が弱くなれば全て衰える。
体あってのものだ。健康第一。

●睡眠・・・1日8時間はたっぷりとる。（23時30分就寝、7時30分起床）
それと、何時に起きなくてはと決めて床につかない、のが一番。

●昼寝の効果・・・毎日60分10年以上の継続中。
※時間が取れない時は車内で20～30分確保。
脳と体を休める（ゴムの原理）
ゴムは伸ばしっぱなしにしていると、縮まなくなる。

気分転換、大人相手の仕事（保険）から子ども相手の仕事（そろばん塾）の切り替えの為。

頭を使い続ける。脳力が本当に衰えるのは丸暗記のみ。私は子どもに教える（そろばん、論語）ことによって脳の退化を防いでいる。出不精にならない。スポーツジム、麻雀、飲み会、友と会う。但し、ストレスが生じる人間関係は断つ（義理を欠いても可）

健康・日常生活チェックリスト

健康チェック

2023年　2月

		1	2	3	～	28
		水	木	金	～	火
ジム	ストレッチ					
	筋トレマシーン					
	ウォーキング					
	サウナ					
自宅	ウォーキング					
	日光浴					
	スクワット					
	ストレッチ					
	かかと落とし					
	ポールストレッチ					
	腕立て伏せ					
	ダンベル					
	トランポリン					
	足首のびのび（踏み台）					
ゴルフ	打ちっ放し					
	ゴルフ					
マッサージ						
整体院						

※書斎に掲示し、見える化することで自己管理している

「リスクについて」

安心して日常の生活をしていくにはいろいろなリスクがあり、大別して次の五つがある。

一、死亡・・・・・・残された家族（妻のみ）の生活費・遺族年金と民間の厚生年金加入済。葬儀費用は不要

二、介護・・・・・・公的介護及び民間介護保険加入済。

三、就労不能・・・・公的傷害年金、民間の収入保障保険にも加入済。

四、医療・・・・・・公的医療保険、民間の傷害保険と医療保険加入済。

五、老後の生活費・・国民年金・民間の年金保険・貯蓄・家賃不要↓（持ち家）。

●喜捨は全くその気はない。

●水も動いていると腐らない。人間、生きていくとは動いているからで停止してはならない。

●スポーツジムとサウナ

●昼寝（横になることが大切）

体と脳を休ませ、気分転換を図る。

「イギリスのチャーチル首相　アメリカのカーター大統領も習慣としていたとある」

老い

〈プラス思考〉

老年になるとさまざまな欲望から解放され、自由と平和が訪れて、恵まれた時を迎えられる。

～プラトン～

～はたしてそうだろうか？～

〈マイナス思考〉

老年になると心身が衰え、卑屈で臆病、自己中心的で心が狭くなり、希望のない不安な年代となる。

〜アリストテレス〜

〜悲観的すぎる〜

あれ、これ、それ、どれ等の発言が多くなる。（あ・こ・そ・ど）に要注意。

（老化現象）

●髪・・・・薄くなる。白くなる↓ただし、爪とひげは伸び続ける。

●目・・・・白内障が増え、視力が低下する。（3年前に両目共、手術済み）

●骨・・・・隙間ができる。骨粗鬆症が増える。（特に女性）

●歯・・・・摩耗する。脆くなる　8020運動表彰状授与される。

●記憶力・・にぶくなる。新しいことが覚えにくくなる。

●皮膚・・・表面が黒ずみ、硬くなる。

●会話・・・確信を避け、猜疑心が強くなる。よく愚痴をこぼし、洒落や笑いが少なくなる。

●病気・・・「医者の選択も寿命のうち」　名言

老人修養

一、心がやわらいでいること。

二、何事も自然の成り行きにまかせて焦らないこと。

三、境遇に安んじ、ゆったり楽しく暮らすこと。

四、一つのことに凝り固まらないようにすること。

〜そうありたいものだ〜

※閑暇は養いにあらず

転ぶな、風邪を引くな、義理を欠け・・・岸信介元首相。

●あんしん五訓

クヨクヨするな
フラフラするな
グラグラするな
ボヤボヤするな
ペコペコするな

制御しがたいものを順に挙げると、酒と女と歌だ。

～フランクリン・アダムス～

～同感～

これを愛せないものはバカであると私は思う。

花は半開を看、酒は微酔に飲む
この中に大いに佳趣あり

〜菜根譚〜
〜なかなかできない〜

一杯は健康のもの、二杯は快楽のもの、三杯は放縦のもの、最後は狂気のものとして飲む。

〜アナオルシス〜

〜若気の至りあり〜

健全な肉体は健全な心の生産物だ。

～バーナード・ショー～

～先ず健康～

健全なる精神は健全なる身体に宿る

～ユウェナリス～

命の長短を思う

２００９年（平成21年）４月　67歳

平均寿命が80歳といわれるこの頃ですが、若くして死ぬ人もいれば、長寿を全うして大往生する人もあり、正に人それぞれといえる。

命あるものは、成長し、実をつけ、老いて、やがて消え去るのが自然の摂理である。そして人間も、いつ死ぬかは誰も判らないし、又、決められない。明日、交通事故に遭うかもしれないし、脳梗塞で倒れるかもしれない。全く縁起でもないといえるが、生まれたら死ぬのはあたり前ということを知ってはいても、それについて、考える人と、全く考えない人がいるといえる。

人間はどう掻いても１２０年以上は生きられないといわれる。肉体は年齢と共に年々退化し、前は簡単にできた動作ができなくなってくる。悔しいが、どうすることもできない。アンチエイジングブームで、体力維持・健康管理・美容等と色々試みている人も増えている。

人間の命は、神とか宇宙とかより「与えられた命」という捉え方も、古来からあるが、自分の命はその人の人生観によって長いとも短いともいえるのではなかろうか?

未来はためらいながら近づき、過去は永遠に静止している、ともいわれるが、「今」こそが、真に生きている証といえる。過去をあれこれ悔いたり、未来を必要以上に憂えたりする人間が増えた為、自殺者の数が年間3万人を超えたといわれる。

100年に一度といわれる大不況、かつて経験したことのない超高齢化社会、情報過多によるストレス等でうつ病患者の増加等が原因といわれる。うつ病患者は、繊細で傷つきやすい性格の人、仕事や将来に無力感や挫折感に苛まれている人が、痛み、怒り、悩み、失望、孤独に苦しみ、中には罪の意識さえ感じている人もいるといわれている。しかし、要因は色々あるが、人間一人ひとりの心が弱くなってきているのではと私は思う。物質的に恵まれている現代の人の方が、貧しい時代の頃より自殺者が多いのは、心の耐性が弱いのと、責任からの逃避といえる「心の障害者」が増えたからではないかと思う。

今、日本人はあらゆる意味で疲れているのでは？　政治・経済は停滞し、モラルは低下し、心身も疲弊し、将来への夢や希望を持てない人が増えつつある。

冬は去り、時は春、桜は日本人を元気にしてくれる。太陽の光を浴び、たまには大声を出して歌い、ゆっくりと休みをとり、友人と大いに語りたいも

雨の日には　雨を愛そう
風の日には　風を好もう
晴れた日には　散歩しよう
貧しくば　心に富もう

～九十歳を過ぎたら、晴耕雨読かな～

～堀口大学～

のだ。

比較相対といわれる世の中だからこそ、他人とこせこせ比較しないで、自然のまま、あるがままに自分を受け入れていくことで「今日ただ今」を精一杯、そして楽しく生きていけたらそれでいいのではなかろうか?

苦しみも、悩みも、楽しみも、生きている現在が感じることなのだから。どうせ生きるのなら楽しく生きた方が、周りの人にもいい影響を与えるのではと思う。

人生の長短はその人の寿命でしかない。永く生きて良かったのか、早く亡くなって悪かったのか、なんてことは、本人にも、他人にも結局は、判りはしないといえるのではないかと思う。

四、生きがい

仕事は今までは生活していく為、食べていく為、物欲を満たす為、子どもを育てる為、自己満足を得る為が本音であった。

そして、回遊魚のマグロ・カツオの様に動き回っていないと死んでしまうという感じで働き続けてきた。「働かざるもの食うべからず」↓祖母の口癖で人間働くのは人としての義務であり、本能だ。

人は生涯を通じて同じ仕事を続けられる人は稀であるし、体力的、能力的、時代的背景やスキル等で無理となってくる。

70代・80代でも働くには、
①過去の延長線の仕事で地位や名誉にこだわらず、そして分量を減らす。
②新しいスキルや専門知識を身につけ転職する。
③プライドや世間体を捨て、収入の為と割り切って働く。
のいずれかの選択となる。

人は好きなこと、楽しいことで収入が得られれば理想だが、そんな人はなかなかいないない。
だが、一人ひとりが自分の与えられた環境の中で、体力・能力・智力とを創意工夫し自己の能力を発揮して生きていくことが生きがいといえるのではないか？

仕事が楽しみならば人生は極楽だ。仕事が義務ならば人生は地獄だ。

～ゴーリキー～

～半々ということかな～

ＡＩがいかに発達しても代替されにくい分野があり、人間らしい活動、人と人とのつながり（教育・習いごと）、心のケア、リーダーシップ等。人生経験を積んだ世代の人こそ分野が十分にある。未来を心配する必要はない。

電卓が出た時、そろばん不要論も言われ、銀行の受付からそろばんは無くなった。

しかし、そろばんには教育用具として、子どもの計算能力・記憶力・集中力アップに貢献して、現在も大いに役立っている。要はＡＩと人間との互いの特性を生かした共存共栄と考えればいい。

これからは、何の為に、何歳までに、何をやるかを決め、その実行のために努力し続ける。お金より自分の活躍をできる仕事と場所を見つける。

ただし、他人から管理されたり、指示されたりすることはゴメンだ。いつやめてもいい、人の役に立つ期間だけ無理せず。

長期展望はせず（1ヶ月↓3ヶ月↓半年↓1年）テーマによって計画し、スケジュールによってある程度は自分を律することも大切。

●自由時間はたっぷりある。

20年↓24時間×365日×20年＝175200時間（合計）
その内、睡眠3分の1、食事、入浴、家事etc.3分の1。
残り3分の1が57800時間
そして、そろばん塾を現状通り維持すると仮定すると、
1日4時間30分×週5回×4週＝90時間（1ヶ月）
90時間×12ヶ月×20年＝21600時間。〈900日〉

自由時間は５７８００－２１６００＝３６２００時間（約１５００日）となる。あくまで健康状態が現状を維持した場合が前提であり、その他色々の環境変化は考慮に入れず。

●行動パターンはあまり変えない。
起床（7時30分）水分補給と入浴・朝食・新聞etc。
デスクワーク（9時～10時30分）
スポーツジム（11時～12時30分）
ストレッチ、筋トレ、ウォーキング、サウナ、
昼食（13時～13時30分）、日光浴、
昼寝（13時30分～14時30分）、
デスクワーク（14時30分～15時30分）、

授業（15時30分～20時15分）、

夕食（21時）、週2回禁酒日、

新聞、テレビ（22時～23時30分）、

就寝（23時30分）

・食事・・・1日3回、決まった時間に

・昼寝・・・1日60分。睡眠は1日8時間。合計9時間

・外食・・・月に2～3回。

・規制・・・約束ごとはなるべく避け、気ままに好きなようにやる（自分ファースト）

イヤな仕事はしない。保険の仕事も客は選別し、面倒な客は整理する。

●魅力ある高齢者を目指す

金持ち、知恵持ち、時間持ち、健康持ちで楽しく誇りある人生を。

今の日本には高齢者がお金を使って得られる本当の楽しみと誇りが少ない感じがする。

●仕事上のおせっかい（忠告）はなるべくしない。

今はされたがらない人が多いので、なるべくしない方が無難だ。

干渉、注意、お節介は好意のつもりでしても裏面に出ることが多い。こちらも神経が疲れることになりがち。

ＡＩ、インターネット、ＬＩＮＥ、メールなど最新の情報機器とかカタカナ語にはついていては世の中の必然的進化であり、受け入れるべきかとは思うが、私には今は特に必要性を感じてはいない。ただカタカナ語の氾濫は日本語で十分な言葉も多く、むしろ日本語の方がストンと理解できるのではとも思う言葉もある。

新聞における文字も、原則としては常用漢字を使用することとなっており、それ以外の文字はルビを付けることとなっている。

カタカナ語も業界用語とか短縮語、新しいことばを多く採り入れればカッコいいのでない。相手にこちらの意志や考えが伝わってこそ意義がある。

カタカナ語辞典や辞書などを引かなくても、年配者でも判りやすい言葉で表現して欲しい。高齢者が益々増えていく時代であることをマスコミをはじめ関係者はもっと考慮すべきではないだろうか？（俺は昭和の男だ）

特に社内で社員同士、部下と上司の間でメールでやり取りする感覚は理解

できない。(顔も見ないで意志の疎通が出来るのか疑問だし、顔を見たくないのではと勘繰ってしまう)

ある日、メールが打ってあるからと言って上司に反論していた部下を目にしたことがあった。見なかった方が悪いのではと言わんばかりの態度には立腹した。相手が見たかどうかを確認しなかったことはどうなのか? 周辺も不愉快な雰囲気となり違和感を感じた。

昨今の人間関係の疎遠化の一旦を見た気がする。

●他人本位↓他人の目を気にして自分の考えを変えない。

人に好かれようと気をもむことより、人に嫌われないようにだけは心がける。

自己有位(個人主義)義理を欠く↓自分ファーストでいい↓アドラーの

「嫌われる勇気」も必要だ。

～あえて、若い世代の顔色を見たりご機嫌を取らない～

●女房孝行（妻がやってみたいということは極力反対しない）

●自分の好きなことを再発見し、自由に生きる（再学問にもチャレンジ）。

●そろばんと論語教育・・・他人に迷惑をかけない限りマイペースで継続。

～ただし、ボランティアでする気はない～

●何のため、誰のために働くのか、そこが人生の根幹で、その為にどう行動し努力するかが肝要だ。

●「としだから」とは絶対言わない。「早くお迎えが来て欲しい」なんて冗談でも言わない。いてもいなくてもいい存在などにならない。言い訳に老いを使わない。

道路の岐路は気付いて曲がる。
人生の岐路は曲がってから気付く。

〜後悔多し〜

●「一怒一老、一笑一若」中国のことわざ「一日一笑、一日一楽」。(類似語)

●何より自由がある・・・生きる意欲を持って・・・?

●これからの人生をゆっくり考える時

●ミニマリズム・・・モノ・人間関係を最低限しかもたないで生活する考え方は、余り好きでない。

●幸せ・・・物質的充足から精神的充足に少しずつ移行。

●「一日一生」~今日1日が一生だと思い大切に生きる。

●明日のことを思いわずらわない。明日のことは明日自身が思いわずらうであろう。

●1日の苦労はその日、1日だけで十分である。

生きがいとは、社会の人々に喜んでもらえる人間になること。
皆から感謝される人間になること。

～山田無文～
～私にはむずかしい～

「余生不要」宣言

２０１０年（平成22年）９月　69歳

辞書によると「余生」とは、残りの人生、老後の生涯とか残り少ない命、余命・余齢等とある。

いずれにせよ語感にマイナスイメージがあり、わびしさを伴っているようで、今の私にとっては違和感があり、好きになれない言葉だ。

「余生」といっても具体的にいつ始まるのか本人にも判らないし、人それぞれによって異なる。サラリーマンや公務員の場合は定年退職が一応の区切りと言えないこともないが、再就職する人もいればそうでない人もいる。自営業の私にとってはまだまだ先のことだ。元気である限り、生涯現役を貫き通せれば本望で、「余生」はなくても良いし、ない方が幸せとさえ思っている。

郵便はがき

料金受取人払郵便

新宿局承認

2525

差出有効期間
2025年3月
31日まで
(切手不要)

1 6 0-8 7 9 1

141

東京都新宿区新宿1－10－1

(株)文芸社

愛読者カード係 行

ふりがな お名前		明治 大正 昭和 平成 年生 歳
ふりがな ご住所	□□□-□□□□	性別 男・女
お電話 番号	(書籍ご注文の際に必要です)	ご職業
E-mail		

ご購読雑誌(複数可)	ご購読新聞 新聞

最近読んでおもしろかった本や今後、とりあげてほしいテーマをお教えください。

ご自分の研究成果や経験、お考え等を出版してみたいというお気持ちはありますか。

ある　ない　内容・テーマ(　　)

現在完成した作品をお持ちですか。

ある　ない　ジャンル・原稿量(　　)

<table>
<tr><td>書　名</td><td colspan="4"></td></tr>
<tr><td rowspan="2">お買上
書　店</td><td rowspan="2">都道
府県</td><td rowspan="2">市区
郡</td><td>書店名</td><td>書店</td></tr>
<tr><td>ご購入日</td><td>年　月　日</td></tr>
</table>

本書をどこでお知りになりましたか?

1.書店店頭　2.知人にすすめられて　3.インターネット(サイト名　　)

4.DMハガキ　5.広告、記事を見て(新聞、雑誌名　　)

上の質問に関連して、ご購入の決め手となったのは?

1.タイトル　2.著者　3.内容　4.カバーデザイン　5.帯

その他ご自由にお書きください。

(　　)

本書についてのご意見、ご感想をお聞かせください。

①内容について

②カバー、タイトル、帯について

弊社Webサイトからもご意見、ご感想をお寄せいただけます。

ご協力ありがとうございました。

※お寄せいただいたご意見、ご感想は新聞広告等で匿名にて使わせていただくことがあります。

※お客様の個人情報は、小社からの連絡のみに使用します。社外に提供することは一切ありません。

■書籍のご注文は、お近くの書店または、ブックサービス(0120-29-9625)、セブンネットショッピング(http://7net.omni7.jp/)にお申し込み下さい。

体力、気力、そして経済的ゆとりのある元気なうちに仕事から離れ、自分の意志で好きなことをする「余生を楽しむ」という生き方が幸せか、生涯現役でいつも社会に役立っているという実感を持ち続ける生き方が幸せか、意見の分かれるテーマである。

私は、生涯現役を通すという心意気を持つことが男の生き方だと思っている。これからの70歳から80歳までが本当の意味で自分の好きなように生きられる人生最高の10年だと思う。すでに生きてしまった今までの人生は、いわゆる「下書き」の人生で、これからの人生が「清書」の人生といえる自分史を築いていきたい。

そうかと言って、私のこれまでの人生が決してつまらなかった訳ではなく、むしろ好き放題にしてきた。ゴルフはシングルプレーヤーの仲間入りをしたし、車は外車10台を含め現在24台目に乗っている。麻雀はと言えば、月に2

～3回の徹夜は当たり前で、2日連続で徹夜していた時に仲間が倒れて死んだこともあったくらいムチャもしていた。飲み屋通いも、20歳で「柳橋」から始まり、「住吉」「女子大小路」「錦三」と45年以上飲み歩き、今でも続いている。今日までよく体を壊さなかったものだと思ってる。

仕事の面では、サラリーマン、高校教師、そろばん塾経営、カルチャーセンター経営と、2つの仕事を同時進行してきたことが多い。現在は保険の代理店と、昨年20年ぶりに復活させたそろばん塾、そして今年6月から始めた「親子論語教室」をしている。結婚は2回。すべての面で良し悪しは別として、人の倍の経験をしてきたと思う。

ただ私の最大の欠点は、金銭感覚の欠如と、事業計画の見通しの甘さにあった。そのため今日まで無借金という状態の時期は無かった。お金に追い回されてがむしゃらに働いてきたというのが本音である。しかし、その借金も75歳を迎える前に漸く完済できる見通しとなった。

これからはお金のためにだけ働くのではなく、何より楽しむことを第一に考え、いつまでも、ときめき、ひらめき、ざわめき、の「3つのめき」を今後の指針としてを求めていきたい。

他人の評価や、人に好かれるかどうか等を気にしたり、悩んだりせず、あるがままの自分で生きたいと、次の十項目を「余生不要」の指針として決めた。

一、仕事は絶対に続ける

「保険」の営業は飛び回ることが欠かせないので車は必需品、新商品の勉強も必要なのであと10年位が限界。「そろばん塾」は時間的負担も少なく、自己研鑽にもなるのでエンドレスのつもり。

二、社会死を先送りするよう努める

「人は三度死ぬ」という言葉を聞いたことがある。
第一に社会死……社会のため、人のために貢献できなくなった時
第二は生活死……自分自身で身の回りのことが出来なくなった時
第三が自然死……心臓がとまり死亡した時や脳死となった時
現役を1日でも長く続け、生活死にならないよう努めて、自然死を迎えたい。そうすれば高騰している医療費の負担の減少に少しでも貢献できる。

三、女性を常に意識する

「人は服装通りの人間になる」という先人の言葉もある。服装は相手に対する礼儀でもある。幾つになっても身だしなみに心がけ、異性に関心を持ち続けたい。

四、全てを楽観的に考える

年をとると愚痴っぽくなり、いらぬ心配をしがちになる。クヨクヨ悲観的に考えず、都合の悪いことは早く忘れる。

五、健康管理は妻の指示に従う

健康診断の数値も自分では都合のいいように解釈するので、少し煩わしくても、永年連れ添った妻の言うことを聞いた方が正解。

六、稼いだ金の範囲内でやりくりする

今までは多少放蕩して借金をしても、一生懸命に働けば返せたがこれからはもう無理。稼いだお金と年金を合わせた収入の範囲内で、80歳以降のことも考えて使う。

七、義理を欠く

益友・損友を見極めてつきあう。旧友・知人・親戚も見栄や世間体を気にした冠婚葬祭は極力整理する。

八、新しい友人を作る

若い人と積極的につきあうように心がけ、情報のアンテナを錆びつかせない。

九、物忘れ防止のためメモをとる

本人に自覚はなくても誰でも物忘れは進行していく。忘れること自体はさほど心配ないが、大事なことは、手帳、カレンダー、机上などにメモを取ることが一番。メモを取ること自体を忘れるとか、メモの置き場所を忘れるようになったら、他人が相手の仕事はやめるべき。

十、自分の居場所を作っておく

そこに居れば何となく安らぐ場所を幾つか持つ。同じ「酒場」でも「サウナ」でも、店によって居心地のいい場所とそうでない場所がある。無論、自宅の書斎でもいい。図書館でも、公園でも、趣味のクラブでも、明日のエネルギーが湧いてくるような癒しの場所へ足を運ぶ。

不幸にして病に伏した場合、私の「余生は」病床で始まることになる。或いは交通事故などで不慮の死を迎えた場合、私の「余生」は全くなかったということになるが、それでいい。

自戒の意味も込め、ここに「余生不要」を宣言する。

五、お金

（社会的背景）

・社会保障費の増大・・・団塊世代→2025年全て高齢者となる（2200万人）

・個人金融資産の増大・・・約1500兆円（65歳以上）

・介護難民の増加・・・老人の介護離職

・国債が国の歳入の3分の1を占める国は世界で類を見ない。
財政破綻のリスクがある

1、人生設計と金銭計画・・・これからは100歳まで生きることを前提で人生設計と金銭計画をする必要がある。

2、死亡学的年令・・・現在から死亡する迄に残されている年数のことで、私の場合は約20年。

3、人口構成・・・2005年までに国民の5人に1人が80歳となり、人口に占める80歳の割合も現在の8から18%となり、平均寿命も110歳位まで伸びるのではと予測されている。

4、お金は不可欠・・・100歳まで生きるには、生活水準の維持、健康維持、医療費、介護費用、リフォーム費用、余暇、レ

ジャー、スキルアップ、自己投資etc.… とにかく
お金は不可欠となる。

5、引退・・・仕事は60歳~70歳で引退という従来の考え方では、特別裕福な人でない限り途中で金銭面で涸渇することになりかねない。ましで国に依存すれば世代間格差の更なる不満要因となる。

6、これらを鑑みると、働ける人は1日でも長く働き、少しでも収入を得て、国や家族にもたれない心構えが何より必要かと感じている。

人間関係の疎遠化
一家団欒は夢?

親から学ぶべき生活の知恵も生まれにくくなり、子や孫が老父母が会いに行く理由も希薄となり、家族関係が途切れがちで、ただ金だけを渡し続ける？親族間の殺傷事件や引きこもりといった新しい問題も多く発生してきている。子どもに対する親の接し方も二極化し、過干渉・無干渉が多く、ほど良い距離の接し方の親が少なくなっていると感じている。反面、「子どもが親を尊敬している」との割合は増えているというアンケート結果もあり、少しは安心だ。

金は三欠に溜まる

義理・人情・交際。この3つをおろそかにしないと、金は溜まるものではない。

国際的基軸通貨の金（有事の金）が今の状況では一番安心といえるのではないか。毎月の積立て式（15年前から現在も継続中）が変動リスクも避けられ状況をみて、スポット売買すれば換金性も早くて、手数料も安い。

大学卒業までで親の責任は終了。若さを保ち元気に生きることで子ども達に介護や金銭的なことで迷惑をかけない。現在も健康で仕事ができているおかげで経済的に自立しているから自由である。

自分で60年間働いて稼いだお金は、自分の楽しみ、生きる為に使い切る。少しのお金を残すより、その方が子ども達の為になる。

債無くして、一身軽し（現在の自分）

人生は物と自分との均衡ある距離感を保つことで安心する。さっぱりとしたこだわりのない心で死んで行く。

物欲にしばられない。人間で一生伸び続けるのは、爪と貪欲。人間の物欲は留まることを知らない。

生まれて来た時は裸で、何も持たない、死に行くときも何も残さない。

介護への備え

介護状態になっても快適な生活が送れるようにするには、先ず自宅をリフォームする必要がある。

リフォーム

20年後までを想定し、リフォーム資金はいくら必要か、どこまでリフォームが必要か？　既に窓の二重構造、庭の改修は最近完了。水回り、階段、床の段差（バリアフリー）、浴室、耐震耐久工事は検討中。

身なり

おしゃれに気を使い、センスの良いものにお金を使う。

スーツ、靴、ワイシャツ、ネクタイ、頭髪、肌・・・いつもシャキッと。

食

医者のいう血糖値・ヘモグロビンA1c・コレステロールetc.の数値にこだわり過ぎず、おいしいもの、好きなものを口にし、量より質を重視。

金を作るには、三かくが必要。
義理をかく、人情をかく、恥をかく。

～夏目漱石～

～今、よく判る～

身死して財残ることは、智者のせざるところなり

〜兼好法師（徒然草）〜

〜同感〜

富と貴とは、是れ人の欲する所なり。其の道を以て得ざれば、
おらざる成り。貧しきと卑しきとは、是れ人の悪むところなり。
其の道を以て得ざれば去らざるなり。

～論語・里仁編～

～悪銭身につかず～

心を養うは寡欲より善きは莫し

〜孟子〜

〜どうかな？〜

地獄の沙汰も金次第

〜日本のことわざ〜
〜現代もそのとおり〜

六、死

宗教はテーマとしては重い。幸福感の原動力と感じたり、生きていく為の心の支えとなったり、自分を律するためと捉えたり、それは本人次第である。ただ、最近ある団体に利用され、お金をつぎ込まされたり、家族も大きく犠牲になったりというニュースが世間で大きく取り上げられている。

宗教の違いで価値観・生活習慣が大きく分かれ、他の宗教を排他したり、戦争の遠因となっている歴史もある。

私は無宗教という信者でよい。

神なんてものはそもそも存在しないと考えている。

人間は勝手なもので、苦しい時、窮した時などに存在を信じ、それが済めば、存在そのものを意識しなくなる。

私は存在を信じないから神頼みをしないので、神社・仏閣への参拝は基本的にはしない。世界中にはあらゆる信仰があるが、いずれも互いに相反し、自身の権威を主張するが、私はどれも信じない。信じられることを欲し、不信仰者をおどしたり、あげくは迫害したりもする。日本人は神と仏と、他の宗教もごった煮にして信じられ、他の国と違ってある意味で節操がない。

死とは

死んで時間が途絶したらすべてがなくなる。無になること。体も意志、魂も五感も全て無になることだしあの世は何もない無の世界であり人間として来世がないからいいのだ。知らない、分からないことで恐れたり、悩むことは無益な話だ。死後の世界は無であり、まして天国・地獄なんてない。（生き残っている人間が勝手に思っているだけ）

ゴール

人生のスタートとゴールは自分では選べないし、この世を去ることも自殺を除いては自分では決めれない。ゴールの分からないマラソンだ。死が来るのが見えず、死ぬ日が分からないからいいともいえる。死というゴールがあってこそ、完結する。それがなければ疲れてしまう。人生は結局中途半端で終わるということで完走などない。

生まれた時は何も持たずに、死に行く時も何も持たない。

「生まれて来た時ァ裸じゃないか　死んで行くにも裸じゃないか」と歌にもある♪

あなたは「5年後に死ぬ」といわれたら何をしておきたいですか？　自問自答してみるのもいい。やりたいことの先送りはいけない。お金は使い切る。

人間関係の疎遠化

●孤独死・・・独居老人に限らず自分が孤独死すると思っている人が30％以上いると言われる。誰にも見とられず（単孤死）独りで死んでいくのでは、という不安を持っている。

誰にも惜しまれない死が増加。

●孤立死・・・社会的に即に死んでいて誰にも惜しまれない死が増加。そもそも死は単独で本人だけのことである。

「姥捨山」と言われた伝説の時代ではないが、老人や定年になった人を遠ざけ連れて行かれ、周囲から疎外され老人ホーム等へ収容されることになる。

しかし、人間、終の住処は矢っ張り自宅が一番望ましい。

葬式等

葬式、お墓、戒名、偲ぶ会等は全て不要。（死んだら全て終わり）関連業者（お坊さん、お寺、葬儀屋、花屋）のためのイベントだ。特に盛大な式は、自分が偉かったということを他人に見せつけたい人か、遺族の見栄がなせるもの。花輪、弔辞、弔電も一切不要。人は2〜3年もすればほとんど忘れられる。

人の死とは、その人自身よりも囲りの遺族たちの問題で、死んだ本人には伝わりもしないし、理解することもできないのである。お叱りを受けるかもしれませんが、葬式等は死んだ人の死を受け入れていく為のイベントであり、残された者たちの自己満足の表れと捉えるという考え方もある。

死んだ人は月日の経過と共に忘れられ、３年もすれば「さる者は日々疎し」という。

又、人生には結婚適齢期があるように死亡適齢期もあるのではと思う。

その年齢になったらいつまでも生きようとジタバタしないことだが、今はまだ早い。

ただ、「命長ければ恥多し」とはなりたくない。

延命治療

人口呼吸器、胃瘻、心臓マッサージなど終末期の治療は終末期の苦しみを助長することも多く、自分は反対で、して欲しくない。ただ、痛み・苦しみへの対処はして欲しいし、人間としての尊厳を持って死を迎えたい。尊厳死協会にて公正証書を自分の意志で家族と医師に提示しておく。延命治療は、ある意味で残された人たちの自己満足に過ぎないともいえる。

（リビングウィル）あらかじめ自らの延命措置等に関して意思表示をしておく文書を作成しておく。

永生きリスク

●老々介護・・・・介護者の年齢が60代・70代が30%以上といわれている。死ぬに死ねない苦しみがある。寿命が延びてきたことによるいろいろな病気の予兆に怯えたり、寝たきり、経済的不安にさいなまれたり周りの人への心の負担にも直面する。

終了時（妻に）

楽しい生活だった。料理は最高だった。よくついてきてくれた。少し小うるさい時もあったが「今までありがとう」と妻に言えたら最高だ。

安楽死と尊厳死

●安楽死・・・・苦痛を避けるために、致死的な薬、例えば呼吸停止を引き起こす筋弛緩剤などを投与することで、患者を意図的に死なせること。日本では現在は未承認。

（プラン70という映画も昨年放映された）

●尊厳死・・・・尊厳のない状態（意識もないまま機械によって生かされている姿）を避けるため、生命の維持に必要な医療を中止して、患者を死なせる。

人間には、自分の最期の在り方を決める権利がある。（自分の意志を家族に綿密に伝えておく）

自殺

大宇宙の創造主から与えられた命？　それを自ら放棄すること。それは、その人の思いあがりでありエゴだといえる。

残された者にとっては迷惑千万なことだ。悲しみ、苦しみ、悩みを持たす。どうして気付いてやれなかったのか？　どうして対応してあげられなかったのか？　と後悔の念も生じさせてしまう。

人は他人に迷惑をかけないというのが人間としての基本である。

自殺は残された者への究極の迷惑で、エゴイズムであり、逃げである。

「勝手に死ぬな」と言いたい。

故に私はいかなる状況におかれたとしても自殺はしない。

生者必滅（無常の道理）↓生あるものは必ず死滅する。

●死・・・火の気のなくなった灰のように冷たく全くの静止である。

●死生観・・・生は死の始め、死は生の終わりである。

身心は老少有れども　而も心には老少無し

気心は老少有れども　而も理には老少無し

人は晩年になったら今日1日の事をよく考えて暮らすがよい・・・林羅山

昨日を送り、今日を迎え、今日を送って明日を迎える。

人間の一生はよし。１００年の長きを保ってもこのようなことを繰り返しているに過ぎない。

人間百歳・自由自存

●逆順入仙・・・順に逆らう生き方（加齢に関係なく、いつでも端々しい頭脳を保って生きる）

老いて学べば、寿（いのちなが）し。

〜白楽天〜

〜常に肯定的・積極的に考える。〜

●長生きの秘訣・・・感謝の心を忘れない・愚痴をこぼさない・原因を他人のせいにして甘えない。元ボクシング世界チャンピオン（白井義男）

思いは強く、深く、熱く・・・ガリガリのしたがり屋。（願望）
・記憶力は訓練によって加齢でも伸びる。
・筋肉が硬くなっていく過程が人間の一生。

門松は冥土の旅の一里塚
めでたくもあり、めでたくもなし

～一休宗純～
～誕生日も同じ～

もろもろの血肉もことごとく滅び、人もまた塵にかえるべし

〜旧約聖書〜

〜死＝無　同感〜

人は肉体が潰れれば、意識も心も精神も消え、現代の科学では「死後の世界はない」という唯物論が定説である。

〜同感〜

来世（地獄・天国）に希望を求めても、彼岸なんて存在しないし、信じない。
枯れた木は永久に死に、凍死した鳥も二度と甦らない。人間も全く同じだ。

〜同感〜

人を看るにはただ後の半截を看る
人の一生の評価をする心はただ後の半節をみるだけでよい。

〜まだまだ節ある〜

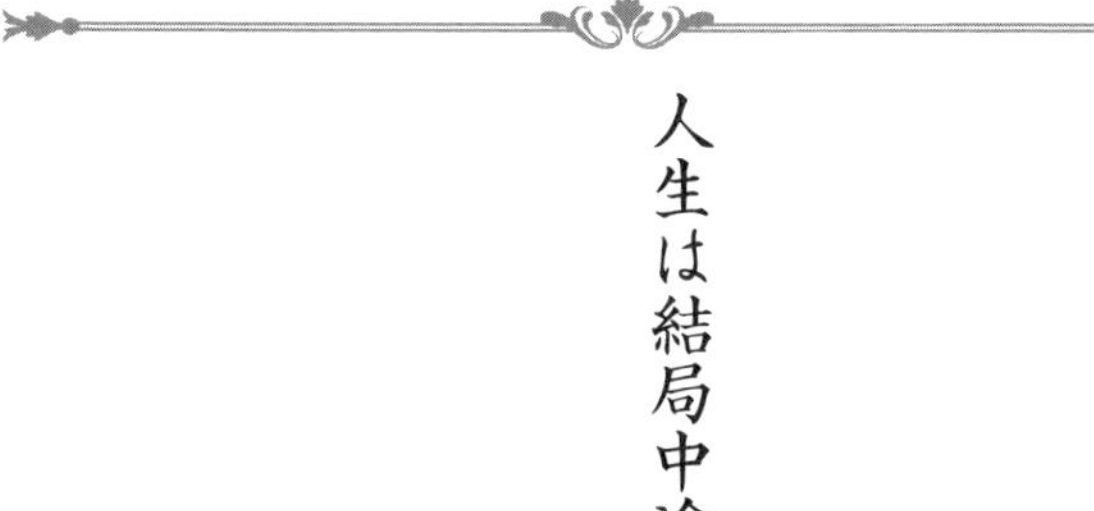

人生は結局中途で終わる——不可解

〜ゴールは不明〜

死ぬる時節には死ぬがよく候↓良寛

～達観したいもの～

死がくるのが見られず、死ぬ日が分からないからいいと言える。

～ゴールはまだ先～

人間はそれぞれにふさわしい時に消えるのがよい。死とは無になること。
魂も存在しない。知らないもののことを恐れるとはおかしな話だ
〜ソクラテス〜

・幸福・・・今をよく生きること。

死・・・生きようと死のうとそれは自分にはどうすることもでもない
人間だけが死ぬということを知っている
～パスカル～
～「死」を知らない方が楽かも～

人生の終着駅への到着は、遅ければ遅いほどいい。（目出たい）
なるべくゆっくり笑顔で遅く着くのが望ましい。

〜そうありたい〜

大空を、静かに、白き雲は行く、
われも静かに、生くべかりけり

〜相馬御風〜

〜そうありたいものだ〜

少年の時は当に老成の工夫を著すべし。
老成の時は当に少年の志気を存すべし

～言志録～

聖人は死に安んじ、賢人は死を分とし、常人は死を畏る。（論語）

・聖人は死を超越しているから、死に対して心が安らかである。

・賢人は生者必滅の理を知っているから、死を生きていく者の努めであると理解してあわてない。とり乱すことはないと思う。

・一般の人はただ死を畏れて取り乱す。

自分の身体は天の命（？）を受けてこの世に生まれたもので・・・。

火は滅し、水は涸れ、人は死す。皆迹あり。

万物は流転する

〜死＝無〜

六十、七十は鼻たれ小僧
男ざかりは百から百から、
百歳倬太もこれからこれから

〜百七歳の彫刻家、平櫛田中翁〜

〜正にそうありたい〜

花も嵐も踏み越えて行くが男の生きる道・・・♪

死・・・人は地に生まれ、地に死す

死生命あり、富貴天にあり→論語→知命楽天→天命を知り、天道を楽しむ

終のすみか（自宅が一番）

妻の死後、1人で生きていく覚悟が必要。（自分の骨は誰が拾うのか？孤独死）

妻に依存度が非常に高く、炊事、洗濯、身の周りのこと、家のこと全て自分は一切なにも出来ない。ただ経済的には大きな不安は無い。

●永生きリスク・・・医学・科学の進歩で寿命は延びていって、死ぬに死ねない。

織田信長の「人生、わずか50年」から今日まで、驚異的な伸びであるが、ただ手離しでは喜んでいられない。

現在、男性約81歳　女性約87歳　100歳以上約7万人。

（死生観）

●人生の出発点と死は自分では決められない。（天命）

●人生は旅のごとし・・・自然は避けることはできない。その時の状況に応じて、緩急を付け、ことの重要度に合わせ対処していく。

●生きている限り学問をやめるべきではない。

他人にみせびらかすために花嫁衣装を作るような学びではダメ。

●人生、必ずしも長寿を祈らなくても良い。早死にしなければ長生きといえる。

富を求めなくてもよい、飢えなければそれでいい。

●老人、自ら喜び、自ら養う

老人は年をとっていることを口実にして、人にもたれたがってはいけない。

晩年になってなげく（悔やむ）ことのない人生を送りたい。

●若さや長寿にこだわり過ぎると道に不事になると歴史にある。

●年をとることは、自分の体の自由がどんどん奪われていくこと。

●死ぬなら自宅がいい

男→4人に1人が75歳までに死亡。70歳超えるのは3割未満。

自宅死は男17％

女→過半数が90歳越え。１００歳以上の女性の９割は施設で死亡。

●ガンになっても治療はしない。ただし、痛みだけは抑える、症状をやわらげる。（しばらく様子を見る）

●酒はやめない。週２日の休肝日は守る。

●鎮静・・・耐え難い苦痛があって、それを迎える方法がない時、睡眠鎮静剤を使用。（点滴を続ける）

●家で倒れても救急車は呼ぶなと妻に伝えてある。

●天知る、地知る、子知る、我知る

●日はすでに暮れてなお夕映えは光かがやく。歳は暮れるとして場はかぐわしく回る。

●「へらす」発言、友人、仕事、冠婚葬祭etc.・・・ストレス、疲労、金銭が軽くなる。

死は人間にとって最後の「未知」である
老衰は死に向かっての生育だ

〜ジャンケレヴィッチ〜
〜むつかしく考えない〜

身辺整理・・・身の回りの残っているものは早く処分。（あとで迷惑になる）

風車、風の吹くまで昼寝かな

広田弘毅〜元外務大臣〜
〜自然にまかせのんびりと〜

逃避せず、断念することなくジタバタせず。

その環境の志の持つ意味と価値を見つける努力をする。

●子ども叱るな来た道じゃ、年寄り笑うな行く道じゃ↓全て一人称で迎える

●人生は結局、中途で終わる―不可解

葬儀を考える

２００８年（平成20年）２月22日　69歳

お袋が2月20日（土）午前10時40分、名古屋記念病院で鬼籍に入った。満92歳８ヶ月の生涯であった。直接の死因は心臓肥大による心不全であったが、腎臓も、肝臓も侵され、肺に水が溜まるという状態で、多臓器不全であった。

75歳位までは、年齢より体重が上回る程で、若いころからとにかく太っていた。性格ものんびりしており、自宅で私の妹とふたりで気楽に生活していたので、連れ合いが死んでから25年も長生き出来たのだと思う。亡くなった時でも私の最高体重より重い64キロあり、顔にしわも少なく、いい死に顔をしていた。

一般的に高齢者の望みは、家庭が円満で、子どもに世話をかけず、最後は自宅で死にたい、の3つであるといわれる。お袋も入退院は繰り返したが、ほとんど自宅で過ごし、最後は家族みんなに看取られて満足して死んでいったと思う。

17日（水）に病院に入ってからさほど苦しむこともなく、まさに大往生だった。2日前までは意識もあり、「家に帰りたい」「何でコンナものを付けるの、息苦しい」と言って酸素吸入器を手で払おうするくらいの元気があった。

世の中、核家族化と高齢化により冠婚葬祭の在り方が大きく変わってきている。従来は、家と家との結びつきが重視され、世間体や家の方針が大きくウエイトを占めていたが、最近では結婚式も葬儀も個人の考え方が尊重され家の重要性が失われてきている。

ここ3ヶ月の間に、仕事上の保険の顧客の事故死が3件、同級生の死、そしてお袋の死と余りにも不幸が続いた為、葬儀の在り方について考える機会となった。

葬儀には一体どんな意味があるのか?
葬式はほんとに必要なのか?
戒名は付けなくてはならないのか?
遺骨はどこに葬るのか?
お墓の場所は?
世間体のためなのか?
次々と問題点が浮かび上がってくる。

人が死ぬと故人とのけじめをつけ、死の確認をし、告別する為には矢張り葬儀は必要と考えるのが普通だ。しかし、葬式は法律上の取り決めで、葬儀をしなくても罰せられることはない。

なかでも疑念と不信を持っているのが戒名についてである。今の坊さんには、ほとんど戒律がなく、妻帯し、酒も飲み、ゴルフもするし、高級車に乗っている人さえいる。俗人となんら変わらない生活をしているのが普通だ。そんなお坊さんに果たして、人に戒名を授ける資格があるのだろうか？　そもそも戒名は仏教徒となる証として付けるのか？　ランクによって金額に大きな差がある。その根拠はどこにあるのか？　人によっては何百万円もする多額の戒名料を支払う人もいる。天国への「入国許可証」とでも考え、戒名により待遇が異なるとでも思っているのだろうか？

こうした葬儀に関することのほとんどは、世間体にあると云っては言い過ぎだろうか。それに、香典やお布施もやはり世間体が根底にあるといえる。建前ではそれを出す方の気持ちによるとされてはいるものの、自分がいくら出すとか出せるとかではなく、知人や友人等他人がいくら出すかが気になるのである。少な過ぎれば世間体が悪くケチと思われ、多すぎても分不相応とか見栄張りと言われる。

最近では「家族葬」といって、亡くなったら病院から自宅又は一時的な安置場所へ寝台車で搬送し、遺体を一旦安置し、そこで納棺し、近親者のみで通夜をする。会葬者は呼ばない。翌日やはり近親者のみで告別式をし、遺体を霊柩車で火葬場に出棺し、収骨して終わりとなる。

より簡素化されたのが「直葬」といわれている。亡くなったあと、一旦自宅に遺体を安置し、近親者だけで通夜を行うものの、その後遺体を直接火葬場に運び、葬儀もしなくて荼毘に付すというのである。

これからは、こうした簡素化された葬儀が都会では増えていくものと思われ、既に東京では「直葬」が20％近いと云われている。

寿命の伸びと共に故人が80歳や90歳を超えることが多くなった。故人の友人・知人はすでに亡くなっており、親戚付き合いもほとんど無く、仮に存命であっても葬式に出向く、気力や体力もないことが多い。故人に全く面識のない人や、ゆかりのない人が葬儀に参列し、焼香してくれたとしても、それは個人を本当に弔ったことになるのだろうか？

日本人の葬儀費用は世界一高額で、全国平均が２３１万円と云われ諸外国と比べるとひと桁も多く、祭壇、生花、戒名料等余りにも豪華すぎると私は常々思っていた。

今回のお袋の場合、近親者以外参列者が誰もいないこともあって、きょうだい４人で話し合って、「家族葬」とした。

超高齢化時代の今、生きている我々世代の一人ひとりが、次代の若い人たちに少しでも負担をかけないように考えていかなくてはならない。自分の老後は誰も当てに出来ないというくらいの気持ちで日々を生活し、元気で死のうと思うなら、

「自分は１００歳迄健康で長生きするのだ」

と心の奥からマインドコントロールすることだ。

死ぬ迄健康に働き続け、社会に役立っているという実感を持ち続けること

だと思う。仕事をお金のためだけと考えず、何よりも楽しむことが大切だ。日本は高齢者がいつまでも働き続けることを不安視する傾向があるが、能力、体力、意欲もあり、現役として働ける人には、死ぬまで働いて貰うべきだと思う。これからは、社会全体で、こうした貴重な労働力を受け入れる態勢を作り、高齢者を経済面も含め自立できるようバックアップして欲しいものだ。それが、結果として高齢者の生活死から生物死に至る期間を縮め、寝たきりにならない短い終末期を送れ、医療費の削減に寄与することとなる。

これから順次、「延命治療拒否」「尊厳死協会入会希望」「式無用」「戒名不要」等の意志を妻と子どもに伝えていきたいと考えている。

同級生の死に思う

２０１０年（平成22年）２月14日　68歳

２月６日（土）朝８時、同級生の奥さんから「主人が今朝６時15分、肺ガンで亡くなりました。同級生の方にご連絡していただけたらありがたいのですが」と電話があった。彼とは特に親しかった訳でもなく、どうして私に？と思った。

高校卒業後すでに50年の歳月が流れており、誰に連絡すべきか？　彼は誰と友達付き合いをしていたのか？　少し戸惑ったが、取り敢えずクラス会の幹事と彼と親交があったと思われる４～５人に通夜と葬儀の連絡を入れた。参列するかしないかはお任せしますと言って電話を切ったが、こういう依頼は頼まれた人にとっては非常に難しいものだと感じた。

通夜には出られなかったので葬儀に参列し、出棺まで見送った。非常に淋しい葬式で、花輪も親戚と子どもの身内からだけで、あとは2人の息子の会社からのが5基のみで、参列者も少なく、同窓生は私を含め3名だけであった。

彼は卒業後、クラス会や同窓会に出席したことがなく、連絡をした友達も「卒業後会った記憶もないし…」という返事が殆どで、通夜も葬儀にも結局3名以外は誰も顔を見せなかった。連絡をもらった友達も本心では知らせてもらわなくてもよかったと思っているように感じた。

彼は卒業後3年位サラリーマンをしていたが、その後は家業の注文紳士服の店を継いでいた。しかし、オーダースーツを着る人は年々減少し、百貨店や既製服の量販店に押され、売上も年々減少していったようだ。それかと言って転職もできず悩んでいたようだ。そのうえ、彼は心臓の手術を3回も受けており、一度見舞いに行ったが、生活もあまり楽ではなかったように見受けられた。

葬儀は日曜日で参列者は全員喪服であったが、私は敢えて、彼に最後に仕立ててもらったスーツを着て参列し、奥さんにお悔やみの言葉を交わしながらそのスーツを見てもらった。

帰路、同級生2人が「早く亡くなった奴は参列者も多いが、長生きするほどだんだん淋しくなるなあ。それにしても彼は気の毒な人生だったなあ」といった言葉が妙に心に残った。

人はいずれ必ず死ぬ。しかし、有限性があるからこそ、人は楽しみや、生きがいを求め、喜び、悲しみ、苦しみ、悩み、そして運命と闘っていけるのだと思う。もし、我々が不死の存在であったらどうであろうか？　我々は時間があればどんなことでも出来るのだろうか？　反対になにもかも後回しにしてしまうのではなかろうか？

人はいつか死ぬという事実があることを知っているからこそ、何かをしてみようと、夢や希望を持ち、可能性に挑戦でき、生きる意味を見いだせるのではなかろうか？

学校卒業から今日まで、サラリーマン、学校の先生、そろばん塾の経営、カルチャーセンターとフィットネスジムの経営、保険の代理店等いろいろな仕事をしてきたが、どれも「この仕事が自分の天職だ」と思えたことは残念ながらない。いつも二つの仕事を迷いながら同時進行していることが多く、下書きばかりの人生であったように思える。

「人生二度なし」を再認識し、健康管理により心がけ、やり直しのきかない清書といえる人生を悔いなく生きていきたい。

孤独死

２０１１年（平成23年）５月15日　69歳

他人とは縁もゆかりも持たず一人ぽっちで生活し、そして誰にも看取られず亡くなっていく「孤独死」が年々増え、これからもますます増えていくのではなかろうか。

１人で気ままに生きていくことを好む人が増えたのと、女性が男性に頼らなくても１人で暮らしていけるという社会環境の変化による自立も大きな要因となっている。

新聞によると、「生涯未婚率」（一度も結婚しない人）が平成になって急上昇し、特に男性は過去15年の間に16％となり、約3倍にも達している。

私の教え子や知人のなかにも30代での独身は珍しくなく、40代、50代の独身男性もかなりいる。結婚生活や子育てに自信が持てない、経済的に余裕がなく親元にいれば家賃もいらず生活に不便を感じることもない、精神的にも1人の方が気楽だ等という。

結婚しない単身者、結婚しても子どもを作らない夫婦が増えると同時に、「合計特殊出生率」（1人の女性が生涯に産む子どもの数）も、戦後は3・65人であったが今では1・2人～1・3人と約3分の1まで低下している。

更に離婚率の増加。中でも最近「定年後離婚」が急激に増えている。こうした高齢単身者の増加、未婚化の増加状況等から、人間関係の疎遠化が進み、家族との触れ合いは減少するばかりだ。一般家庭においても各自に部屋があり、生活時間帯もバラバラで、一家団欒という風景は少なくなってきている。

電化製品が普及し、インターネットで情報が入手でき、親から学ぶべき生活の知恵もなくなり、老父母の家に行く理由もなくなり、親と子は触れ合いがなくなってきている。

食事一つを例にとっても、現代のお母さんたちは共働きが多いこともあって、「お袋の味」を親から学ぼうとする姿勢もなく、利便性優先でコンビニ弁当や出来合いの総菜で済ませ、何の不便も感じない。結果として「我が家の味」というものもなく、味覚感覚もほとんど持ち合わせていない。

我々世代では同居が当然で、三世代同居も珍しくなかったが、今では65歳以上の世帯のうち約半数が、同年代の夫婦のみで暮らしているのが現状だ。

5月13日付の世界保健機関（ＶＯ）が発表した２００９年時点の統計によると、日本の男性の平均寿命は１歳伸びて80歳となり世界２位、女性は86歳で首位を維持、とある。男女の平均では83歳と20年連続首位で世界一の長寿を続けている日本。

長寿も悪くはないがこれから先を考えると色々な問題が山積している。

一番の課題は、高齢者が家族や周りの人に頼らなくても、老後不安なく生きていける社会を築いていけるかということだと思う。

「孤独死」を減らすには、何よりも先ず、「社会死」にならないよう健康維持に努め、社会や人の為に1日でも永く貢献できるように心がけることだ。「社会死」及び「生物死」の期間を少しでも縮める努力をすることだ。

それには一人ひとりが自立心を強く持って「子ども離れ」をすることが必要だ。お金や遺産を子ども達に遺すことはあまり考えず、欧米諸国のように、お金を使う楽しみや、自分自身を大切にした趣味や遊び方をもっとした方がいい。

職縁・血縁・地縁を大切にすることも大事だが、そればかりに拘らず、新しい縁を自ら見つけだすことも必要だと思う。

七、あとがき

素人の筆者の拙文を最後まで読んでいただきありがとうございました。
他人の学説ばかりでそれらをはぎとれば、自説が少なく「らっきょの学問」と言われるかもしれません。あえて格言・箴言・名言ことわざ等を呈示し、読者のみなさまが、それぞれの考え方・受け止め方に基づき、本文より一語でも心の指針としていただけたら幸いです。

定年後は収入は二の次という考えの方も多いと思いますが、年をとってもやはりお金は必要です。有償ボランティアでも何でも、たとえ月額5万円でも自分で働いて稼ぐことが大切で、いつまでも「枯れてたまるか」の心意気で生きていたいものです。

●今の日本人は休み過ぎ（学校も休みが多すぎる）→実稼働日約67％　子どもは55％

・休日（祝日）が1年で16日

・土日が年103日

365－（103＋16）＝246日　365分の246＝67％　七割も働いていない。

子どもは夏休み、冬休み、春休みがプラスされ→土、日除いて45日（7月20日～8月31日＝41日）（12月24日～1月6日＝13日）（3月25日～4月6日＝12日）

日曜日12回　３６５分の２００＝約55％

これでは、生産性の低下も学力の低下もやむなしの感である。

我々世代が死んでいく時には、我々が生まれてきた時よりも少しでも、物質的にも精神的にもよくして後世の人に託していきたいと願う。

●棺を蓋いて事定まる

死んでしまえば万事終わり。生前どんな業績を残したといえるのか？　自分はその時どんな評価をされるのか・・・。

近年「働き方改革」という言葉をよく見聞きします。

仕事と休みのバランスとか、生きがいのあり方等が話題になっております。

「昭和の男」を自認する1人として、そうした考え方はあまり賛成ではありません。

資源に恵まれていない日本は、一人ひとりの勤勉さと叡知で今日の繁栄を築いてきたのです。働くことの意義と価値と必要性を、今こそ考察し、これからの寿命100年時代を生き抜いていかなくてはなりません。今後も寿命は全世界で確実に伸びていくと予想されます。

過剰労働といわれた時代に生きてきた私にとっては、今は天国に近い。

次世代の人も、もっともっと働き、もっともっと勉強して欲しいと望む。自分の夢や志を、強く・熱く・深く願って生きていただきたい。我々世代も健康の許す限り、一緒についていきたい。

木の葉

無風で散る葉あり、
そよかぜでも散る葉あり、
強風でさえ散らない葉もある

風が吹いて散りそうになった時、どうしたら耐えられるかとばかり考えず、
風を上手く活用しよう。
どんなに風が強く吹いてきても、すべて追い風に変えてしまおう。
視点を変え、風を上手く利用しよう。
人間の死の捉え方も全く同じ。

あせらず、あわてず、苛立たず、抗わず、わめかず・・・。
いつも静かにじっとしている常緑木。
そんな姿勢を見習って生きたい。

最後に、貴方はどんな散り方を望みますか?

私は、老人細胞が尽きる迄、強風に抗って根の朽ちるまで生きてみたい。
ただ、自分の我がままから周りの人に迷惑をかけるような散り方だけはしてはいけないと今は思っている。はたしてどうなるか?

時の歩み

２０１４年（平成26年）７月６日　72歳

時の歩みには、過去、現在、未来と３つある。
辞書によると、
「過去」とは、過ぎ去った時、以前、昔。
「現在」とは、過去と未来の接点。
「未来」とは、まだ来ていない時（部分）。将来より広く解釈される等とある。
私は時の歩み（流れ）は自分なりに次のように解釈している。
「過去」は、永遠に静止していて、変わることも変えることもできないこと。
「未来」は、これから歩む道で、

「現在」は、過去と未来の懸け橋で、瞬間・瞬間の積み重ねで進行形のこと。

「未来」は、これから歩む道で、慮り、予知、予測すること。また、ためらいながら近づいてくる現象のこと。

私は元来、過去を振り返ることや、回顧することは苦手で、好きではない性分だ。

本も古典は好きだが歴史ものはほとんど読まない。名所旧跡を巡るとか、骨とう品とかの懐古趣味も全くない。

そうした考えから自分史に関しても今でも釈然としない思いで書いている。

自分史は当然その人の生きた証しであるから、その人物の生い立ち、経歴、生き方などを書くのが必然であるが、読んだ人にとっては所詮他人の人生だ。

余程の内容でない限り、「あ、そう」「なるほど」という感じが大半だと思う。「なかなか大変でしたね」「色々あったのですね」「頑張ってきたのだ」というのが少しで、「いや～私にはとても出来ない」「すごい人だなあ」「自分もかくありたいものだ」と感じるものは稀だと思う。

仮に、肝に銘じる様なことや、感銘するようなことが書いてあったとしても、私の年齢になって、今さら書いてあるようなことを見習おうとか、実行することは時間的にも無理で、出来ないというのが実感である。

従って、自分史も、過去のことを現在の自分が書くという形から一歩踏み込んで、過去はこうであったから、今はこう考えているが、これからはこう生きていきたいという段階まで進めて書いた方が読んだ人にとってもいいのでは、というのが私の考えである。

過去を振り返って反省したり、回顧したりするだけの作品は、備忘録や日記に近く、その人の生きた軌跡ではあるが、赤の他人が読んでなんの意義があるのだろうか？　と、天の邪鬼な私は以前から疑問を感じている。

過去はあくまで過去で、思い出してくよくよするのは、遠い将来のことを妄想して思い上がるのと同じくらいつまらないことだと思う。全てはもう終わってしまって、もう帰ってこないし、どうすることもできないのである。私は過去について郷愁はあっても深くは考えないし、むしろ忘れることはいいことだと思っている。

反面、未来は明日への考察であり、これから起きるほとんどの出来事は偶然ではなく、現在を生きる自分の姿勢と正しい選択と努力によってある程度は決められてくるのだと信じている。

「人生は昨日を送って、今日を迎え、今日を過ごして、明日を迎える」結局、それの繰り返しである。

現在が過去と未来の画一線と考えるなら、その線上の今日を、前後と切断し、みだりに過去に執着せず、いたずらに将来に期待を持ちすぎず、一回限りのかけがえのない人生を精いっぱい生きるのが一番だと思っている。

だが、自分の今までの人生はどうであったか？　世界でたった1人しかない自分の為に、私は人生を生きてきたのだろうか？　自問自答する。

人生には人それぞれに曲がり角や分起点が来る。自分の意思で決める曲がり角もあれば、家族や会社や周りの人との関係やしがらみから決めなくてはならない分岐点もある。

どちらも、時と場所がポイントとなる。道路を進む時の曲がり角は、事前に気づいてから曲がるが、人生の岐路は曲がってから始めて気づくことが多い。曲がり方とタイミングで人生は大きく変わる。私の人生は離婚・再婚、転職4回、転居5回と、曲がり角と分岐点だらけであった。

人生の歩みは全て選択の歴史だ。1日を例にとれば、朝起きた時、トイレが先か洗顔が先か？　朝食はパンにするか、ごはんにするか？　傘を持っていくか否か？　等など。

意識して行動するかしないかは別にしても常に選択の連続行為である。

コンピューターは膨大な演算もすべて0と1の二進法である。これからの自分の人生も「する、しない」「好き、嫌い」と、シンプルに選択し、その道を自分本位に選択していきたい。

そして、「終末」は遅ければ遅いほどよいと思っている。

しかし、人生に二の矢はないし、残り時間も限られている。「書」で言うなら清書といえる書きなおしの出来ない人生をこれからは送りたい。

最後は「人事を尽くして、天命を待つ」という生き方で終われれば幸いだ。

著者プロフィール

大久保 栄造（おおくぼ えいぞう）

1942年名古屋市生まれ。
詳細なプロフィールは本文を参照のこと。

百歳までの羅針盤
枯れてたまるか。人生、二毛作・多毛作を生ききる

2023年11月15日　初版第1刷発行

著　者　大久保 栄造
発行者　瓜谷 綱延
発行所　株式会社文芸社
〒160-0022　東京都新宿区新宿1－10－1
電話　03-5369-3060（代表）
03-5369-2299（販売）

印刷所　株式会社フクイン

ISBN978-4-286-24614-7